KB188577

_____ 님께

감사합니다.

한 해 동안 보내주신
변함없는 관심과 사랑에 깊이 감사드립니다.

새날, 새아침에도 더욱 건강하시고,
즐겁고 행복한 시간들로 충만하시길 기원합니다.

365일, 행복하세요!

_____ 드림

감사합니다

감사의 힘

남아프리카 잠비아 북부 고산지대에 위치한
바벰바 부족마을은 범죄가 없는 마을로 유명하다.
이 부족이 범죄율 제로를 만들 수 있었던 비결은 무엇일까?

이곳에서는 공동체 생활을 방해하는 사건이나
반사회적인 범죄가 발생하면,
그들만의 전통으로 특별한 재판을 연다고 한다.

재판이 열리면 부족민 모두가 생업을 중단하고
마을 한복판에 있는 광장으로 모인다.
광장 가운데에 문제를 일으킨 사람을 세우고
부족민들이 그 주위를 빙 둘러싼 후,
한 사람씩 돌아가며 그 사람에게 말을 건넨다.
그런데 단 한 사람도 폭언이나 비난 같은
부정적인 말은 하지 않고,
오히려 그 사람에 대한 고맙고 좋은 기억을 소환해서
모두 감사와 칭찬의 말을 전한다고 한다.

"늘 반갑게 인사해줘서 고마워."
"지난 번 내 고민을 끝까지 들어줘서 고마웠어."
"내가 없을 때 아이들과 즐겁게 놀아줘서 고마워."
"지붕을 고쳐줘서 고마워."
"넌 참 마음이 따뜻한 사람 같아."

이 의식은 진정한 참회가 이루어질 때까지 계속된다.
계속 되는 감사와 칭찬 세례에 죄를 지은 사람이
마침내 울음을 터트리고 잘못을 뉘우치면,
부족민들이 다가가 안아주고 위로와 용서를 하는 것으로
재판은 끝을 맺게 된다.
그리고 바벰바 부족의 축제의 시간이 이어진다.

비난과 처벌보다 감사와 칭찬의 말로
양심을 일깨우고 비틀어진 관계를 회복시키는
바벰바 부족의 지혜롭고 아름다운 전통은
감사의 힘이 얼마나 강한 것인지를 보여준다.

"가장 행복한 사람은
늘 감사하며 사는
사람이다."

홈런을
칠 수 있는 기회

야구에서 홈런은
직구보다 변화구를 받아쳤을 더 많이 나온다고 한다.

"직구보다 변화구에서 왜 홈런이 더 많이 나오는 줄 아세요?
치기는 어렵지만 치기만 하면 더 많은 회전이 담긴 변화구가
더 큰 힘을 받고 더 멀리 날아가기 때문입니다.
지금 당신 앞에 힘들고 어려운 변화구가 날아오고 있습니까?
축하드립니다.
당신에게도 홈런을 칠 수 있는 멋진 기회가 주어졌군요."

메이저리그 LA 다저스 팀에서 맹활약하고 있는
코리안 특급 류현진 선수의 말이다.

위기危機라는 말에는
'위험'과 '기회'라는 두 가지 의미가 같이 들어 있다.
어떻게 대처하느냐에 따라서
위험에 빠질 수도 있고, 기회를 잡을 수도 있는 것이다.

지금 힘들다면,
그것은 어쩌면
새로운 기회가 다가오고 있다는 시그널일지도 모른다.

불행은 결코 혼자 오지 않는다.
Misfortunes never come alone.

마음은 사소한 것에
움직인다

영화 오디션에 참가했다가
고배를 마신 한 무명 배우가 있었다.
쓸쓸한 마음으로 집으로 돌아가던 그에게
한 통의 문자가 들어왔다.
오디션을 보고 온 영화의 조감독이 보내온 문자였다.

"아쉽게도 이번 영화에는 캐스팅하지 못했습니다.
하지만 언젠가 기회가 주어진다면
꼭 배우님과 함께 영화를 만들어보고 싶습니다."

배우는 두 번 감동했다.
하나는 탈락한 사람에게까지 문자를 보낸 점이었고,
다른 하나는 그 메시지에서 진심이 느껴졌기 때문이었다.
그 자리에서 배우는 결심했다.
'언젠가 이 사람이 감독이 된다면
반드시 이 사람의 영화에 출연하겠다.'

첫 영화에 실패한 감독이 있었다.
그는 힘든 시기를 이겨내고 두 번째 영화를 준비하면서
꼭 캐스팅하고 싶은 배우가 한 명 있었지만
제안도 해보지 못하고 속만 끓었다.
자신은 첫 영화에 실패한 감독인데
그 배우는 잘 나가는 유명 배우였던 것이다.
오랜 고민 끝에 용기를 낸 감독은
그 배우에게 시나리오를 먼저 보내고
며칠 후 조심스럽게 전화를 걸었다.
"시나리오를 보냈던 감독입니다.
혹시… 읽어보셨어요?"
"출연하겠습니다."
뜻밖의 대답에 감독은 자신의 귀를 의심했다.
"네? 방금 뭐라고 하셨죠?"
"저는 이미 5년 전에 당신 영화에 출연하기로 결심했습니다."

그 배우는 5년 전 어느 오디션에서 떨어졌던 배우였고,
감독은 당시 그에게 문자를 남겼던 조감독이었다.
그렇게 한 팀이 된 그들은
두 편의 천만관객 영화를 탄생시켰고,
2019 칸 영화제에서 '황금종려상'을 수상하게 된다.

봉준호 감독과 배우 송강호의 이야기다.

영화 〈기생충〉으로 칸 영화제에서 최고상을 수상한 감독은
수상 소감을 얘기하다가 배우를 무대 위로 불러냈다,
감독은 무릎을 꿇으며 배우에게 트로피를 안겨주었고,
관객들에게 그를 자신의 '페르소나'라고 소개했다.

마음은 원래 그릇이 작지만
진심을 만나면 조금씩 커진다.
진심은 작고 사소한 일상에서 드러난다.
마음은 이렇게
작고 사소한 것에 움직인다.

행복은
알아차리는 것

영국의 심리학자 리처드 와이즈먼 교수가
재미있는 실험을 했다.
자신을 행복한 사람이라고 생각하는 사람들과
불행한 사람이라고 생각하는 사람들로 그룹을 나누고
동일한 퀴즈 하나를 내고 그 결과를 분석했다.

퀴즈는 단순했다.
두 그룹에 동일한 신문을 나눠주고
신문에 실린 사진의 수를 세어보라는 것.

퀴즈의 정답을 찾아내는 데 시간이 얼마나 걸렸을까?
행복하다고 생각하는 그룹은 5초 이내에 정답을 찾았지만
불행하다고 생각하는 사람들은 대부분 2분 가까이 걸렸다.

왜 이렇게 큰 차이를 보였을까?

와이즈먼 교수는 퀴즈를 내기 전에
신문지 첫 장 구석에 정답이 적힌 메시지를 붙여 놓았다.

"이 신문에는 43장의 사진이 실려 있습니다."

행복한 사람들 그룹은 그 메시지를 발견하고
곧바로 사진 찾기를 멈췄지만,
불행한 사람들은 뒤늦게 메시지를 발견했거나,
그걸 발견하고도 대부분 내용을 믿지 않고
신문의 마지막 장까지 넘겨보았던 것이다.

믿음이 사라진 자리에는
금세 조급증이 똬리를 틀고 들어앉고,
조급증은 곰팡이처럼 불행의 포자를 번식시킨다.

마음이 조급하면
눈앞에 행복도 알아차리지 못한다.

나눌수록
커지는 것

미국의 한 억만장자가 모 대학 졸업식 축사에서
졸업생 모두의 학자금 대출을 갚아주겠다고 선언했다.
화제의 주인공은 억만장자인 '로버트 F 스미스'였고,
애틀랜타 사립대학 '모어하우스 칼리지'에서 벌어진 일이었다.

졸업생 중 학자금을 대출 받은 학생은 396명이고,
이들이 빌린 돈은 총 4천만 달러에 달했다.
우리 돈으로 환산하면 무려 477억 원에 이르는 금액이었다.

투자회사 '비스타 에쿼티 파트너스'의 최고경영자인 스미스는
개인 재산이 5조 9650억 원에 달하는,
미국 흑인 중 최고의 억만장자라고 한다.
그는 2017년 자신의 재산 대부분을 기부하는
'기부서약'에 서명하기도 했다.

스미스는 축사를 통해 졸업생들에게 이런 당부를 남겼다.

"여러분의 학위는 혼자만의 노력으로 받은 것이 아닙니다.
훗날 여러분도 부와 성공과 재능을 주변에 나누기 바랍니다."

그는 자신도 누군가 먼저 닦아놓은 길을 걸어왔으며,
졸업생들이 선행을 계속 이어나갈 것을 믿는다고 말했다.

자본과 물질은 나눌수록 작아지지만
선행과 감사의 마음은 나눌수록 커진다.
작은 기쁨도 여럿이 함께 나누면
축제 분위기가 된다.

지식과
지혜의 차이

간디가 영국에서 대학을 다닐 때의 일이다.

구내식당에서 점심을 받아들고 빈자리에 앉았는데

하필이면 피터스 교수 앞자리였다.

피터스는 인도 유학생들을 대놓고 업신여기는 사람이었다.

식민지 출신이라는 이유 때문이었다.

앞자리에 앉은 간디에게 피터스 교수가 말했다.

"이보게, 돼지와 새가 한자리에서 식사하는 경우는 없다네."

간디는 당당하게 교수의 말을 받아쳤다.

"걱정 마세요, 교수님. 제가 다른 곳으로 날아가 드리죠, 뭐."

며칠 후,

강의실에서 피터스 교수가 간디에게 질문을 던졌다.

"여기 두 개의 자루가 있네. 하나는 돈이 가득 들어 있고,

다른 하나는 지혜가 가득 들어 있다네.

둘 중 하나만 가질 수 있다면 자네는 어느 쪽을 선택할 텐가?"

간디는 망설이지 않고 대답했다.

"저야 당연히 돈 자루를 선택하죠."

교수는 그럴 줄 알았다는 듯 비웃으며 말했다.
"안타깝군. 나라면 지혜가 든 자루를 선택했을 거네."
그러자 간디는 이렇게 대답했다.
"뭐, 각자 자신에게 부족한 것을 선택하는 것 아니겠어요?"
학생들 앞에서 간디를 골탕 먹이려던 교수는
오히려 자신이 망신을 당해야했다.

지식이 많다고 다 지혜로운 것은 아니다.
지혜로운 사람에게선 사람의 향기가 느껴진다.
머리는 차가워도 가슴은 뜨거운 존재,
그것이 사람이다.

급여를 결정짓는 것

"퀴즈 프로그램에서 우승을 차지한 남자가 있습니다.
당신이 한 회사의 경영자이고, 그를 채용해야 한다면
급여는 얼마나 주시겠습니까?"

자동차의 왕 헨리 포드가
한 라디오 프로그램에서 받은 질문이다.
포드는 망설임 없이 25달러나 30달러라고 대답했다.
생각보다 낮은 금액에 놀란 사회자가 다시 물었다.
"명색이 퀴즈 왕인데 고작 그 정도밖에 안준단 말입니까?"
그러자 포드는 이렇게 말했다.
"그가 알고 있는 것은 전부 백과사전에 나와 있는 사실들이니
백과사전 가격 정도가 적정한 급여인 거죠."
"그럼 당신 회사에서는 어떤 사람이 높은 급여를 받습니까?"
이어지는 사회자의 질문에 포드는 이렇게 대답했다.
"저보다 큰 욕망을 가진 사람,
어떤 문제든 척척 해결하는 능력을 가진 사람,
그런 사람이라면 저보다 더 높은 급여를 주어야 마땅하죠."

포드는 지식보다는 꿈과 희망을 중요하게 생각했다.
꿈의 크기가 성과를 좌우한다고 믿은 것이다.

2019년 U-20 월드컵 대회를 앞두고
언론과 전문가들은 하나같이 '4강 신화 재현'을 이야기했다.
이때 스페인에서 활약하다 대표 팀에 합류한 이강인 선수는
언론과의 첫 인터뷰에서 '우승이 목표'라고 말했다.
모두가 '4강 신화 재현'을 이야기할 때
18세의 어린 선수는 우승을 꿈꾼다고 말했고,
그의 꿈은 곧 팀 전체의 꿈으로 커졌다.
그리고 대표 팀은 기적처럼 결승전까지 진출했고
한국 축구 사상 처음으로 준우승을 차지했다.

꿈의 크기가 한국 축구의 새 역사를 만들어낸 것이다.

"어떤 사람이 커다란 업적을 이루는 것은
다른 사람의 몇 배를 일하기 때문이 아니라
커다란 결과를 생각하기 때문이다."

데이비드 J. 슈왈츠의 말이다.

생각의 차이

"이번 생은 글렀어!"

영화나 드라마 속 대사로 자주 듣는 말이다.
힘든 현실의 벽 앞에서
무력감과 자괴감에 빠진 사람들이 내뱉는 자조적인 표현으로,
그 말을 내뱉는 사람들은 대체로
자신의 인생을 저주 받은 인생으로 규정하고 있다.

저주 받은 인생과 축복 받은 인생은
정말 따로 있는 것일까?
있다면 어떤 기준으로 그것을 구분할 수 있을까?

가난한 집안에서 태어나 초등학교 4학년 때 중퇴를 하고
수년간 화로가게 점원으로 일해야 했던 한 사람이 있었다.
그 사람은 훗날 자신의 인생을 이렇게 평가했다.

"나는 축복 받은 사람이다.
가난했기 때문에 더 부지런히 일할 수 있었고,

몸이 약했기 때문에 열심히 운동해서 건강을 유지할 수 있었고,
초등학교도 졸업하지 못했기 때문에
세상의 모든 사람을 스승 삼아서 많은 것을 보고 배울 수 있었다."

'경영의 신'이라 불리는 마쓰시다 고노스케의 말이다.
그의 삶은 저주 받은 인생의 표본이라 할 만 하지만
그는 늘 자신의 인생에 감사하며 살았다.
삶에 대한 태도와 생각이 달랐던 것이다.

"슬퍼하는 두 사람이 있다.
한 사람은 너무 슬픈 나머지 자살을 선택한다.
다른 사람은 '슬프다' 하고 공책에 쓴다.
그러는 동안 슬픔이 사라진다.
그것을 읽는 사람에게도 똑같은 작용이 일어난다."
화가 김점선의 말이다.

생각의 차이가 행동의 차이를 만들고
행동의 차이가 인생의 차이를 만든다.

"이번 생은 글로 써!"

구두 수선공의 지혜

평생 구두를 수선하며 살아온
늙은 구두 수선공이 있었다.
그에게는 특별한 취미가 있었다.
근처 대학에서 열리는 공개 토론장에 참관하는 일이었다.
공개 토론은 라틴어로 진행됐는데,
놀랍게도 구두 수선공은 라틴어를 전혀 알아듣지 못했다.

어느 날, 친구가 구두 수선공에게 물었다.
"자네는 라틴어를 알아듣지도 못하면서
왜 그렇게 열심히 토론장에 가는 건가?"
그러자 구두 수선공은 빙긋이 웃으며 대답했다.
"라틴어는 모르지만 누가 진실을 말하고
누가 거짓말을 하는지는 금방 안다네."
"아니, 알아듣지도 못하는데 그걸 어떻게 안다는 말인가?"
그러자 구두 수선공은 빙긋이 미소를 지으며 말했다.
"그거야 간단하지.
누가 먼저 화를 내는지만 살펴보면 된다네.
거짓을 말하는 사람이 반드시 먼저 화를 내게 돼 있거든."

솔직하고 당당한 사람은 쉽게 화를 내지 않는다.
사람들은 보통 자신이 없고 떳떳하지 못할 때
목소리를 높이게 된다.
자신의 약점을 감추기 위한 본능이다.
어느 한 쪽이 먼저 화를 내면 토론은 끝이 나고
대부분 화를 낸 쪽이 토론에서 지게 된다.

군이 말을 알아듣지 못해도
진실과 거짓은 금세 알아차릴 수 있다.

한 줄짜리 인생

영국의 유명한 부호인 캐리에게는
조지와 윌리엄이라는 두 명의 아들이 있었다.
두 아들 모두 옥스퍼드대학에 합격할 만큼 총명했기에
그들에게 거는 아버지 캐리의 기대도 컸다.

큰아들 조지는 사업수완이 뛰어나서 돈도 많이 벌었고
국회의원에 당선되기까지 했다.
문제는 둘째 윌리엄이었다.
윌리엄은 어느 날 갑자기 선교사의 길을 가겠다고 선언했다.
캐리의 만류에도 불구하고 윌리엄은
영국에서 누릴 수 있는 모든 것을 포기하고
선교활동을 위해 멀리 인도로 떠나버렸다.

세월이 흘러 아버지 캐리는 물론
두 아들 조지와 윌리엄도 세상을 떠났고,
그들의 삶은《대영백과사전》에 기록됐다.
그런데 동생 윌리엄 캐리에 대한 소개는

무려 한 페이지 반에 걸쳐 기록된 반면,
형 조지에 대한 기록은 단 한 줄에 불과했다.

'윌리엄 캐리의 형.'

'어떻게 살 것인가?'하는 문제는
훗날 '남겨진 이들에게 어떻게 기억되고,
역사에 어떻게 기록될 것인가?'를 고민하는 일이다.

뭔가를 처음으로
한다는 것 ☕

신대륙을 발견한 콜럼버스가
7개월에 걸친 긴 항해를 마치고 돌아오던 날,
이사벨라 여왕은 성대한 환영회를 열고 그의 공로를 치하했다.

그 환영회를 못마땅하게 여긴 한 귀족이 콜럼버스에게 말했다.
"당신이 한 일은 그리 대단한 일이 아니오.
누구라도 배를 타고 서쪽으로 가면 신대륙을 발견할 수 있을
테니 말이오."
콜럼버스는 그 말에 대꾸하지 않고
그 자리에 모인 사람들에게 엉뚱한 제안을 했다.
"여러분 중에 누가 앞으로 나와서
탁자에 이 달걀을 세워보시겠습니까?"
몇 명의 사람들이 앞으로 나와서
탁자 위에 달걀을 세워보려고 애를 썼지만
아무도 성공하지 못했다.
그때 콜럼버스가 다시 앞으로 나섰다.
그는 달걀 껍질을 탁자에 살짝 친 후 똑바로 세워 보였다.
사람들은 그렇게 세우는 거라면 누구나 할 수 있다며

웅성거리기 시작했다.

그러자 콜럼버스는 이렇게 말했다.

"맞습니다. 누구나 이렇게 달걀을 세울 수 있습니다.

하지만 제가 시도하기 전까지는 아무도 깨닫지 못했습니다.

뭔가를 처음으로 한다는 것은 쉬운 일이 아닙니다.

그래서 최초가 중요한 것입니다."

아무도 가보지 않은 길,

미지의 세계에는 항상 두려움이 앞선다.

그 두려움을 이겨내고 첫발을 내딛는다는 건,

그 행위 자체가 위대한 도전이다.

사람들이 '최초'에 열광하는 이유도 거기에 있다.

생각은 누구나 할 수 있지만
생각을 실행에 옮기는 건 아무나 할 수 없다.

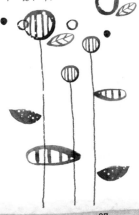

한번쯤 아래를 보자 🌱

'강철 왕' 앤드류 카네기에게도
어렵고 힘든 시절이 있었다.
대공황 시절, 위기를 맞은 카네기가
자살을 결심하고 강변으로 향했다.
강 근처 건물 모퉁이를 돌아설 때
누군가 그를 불러 세웠다.
"선생님, 연필 필요하지 않으세요?"
두 다리를 잃은 한 사내가 환한 웃음을 지으며
스케이트 보드에 앉아 연필을 팔고 있었다.
카네기는 주머니에서 1달러를 꺼내서 건네주었다.
그저 '구걸하는 사내'거니 생각한 것이다.
그런데 사내가 스케이트 보드를 밀며 계속 따라왔다.
"잠깐만요, 연필을 가져 가셔야죠?"
귀찮아진 카네기는 뒤도 돌아보지 않고 대답했다.
"필요 없습니다."
사내는 포기하지 않고 카네기를 따라오며 말했다.
"그럼, 이 돈 가져가세요."
하는 수 없이 카네기는 발걸음을 멈추고

사내에게서 연필을 건네받았다.
사내는 여전히 환한 웃음을 짓고 있었다.
그 순간 카네기는 살아야겠다는 생각이 들었다.
가난하고 두 다리까지 잃었지만
웃음을 잃지 않은 사내의 모습 때문이었다.

단단하고 척박한 콘크리트 틈에도
뿌리를 내리고 자라는 이름 모를 풀 한 포기가 있다.

삶이 버겁고 힘들 땐
한번쯤 아래를 내려다보자.

어려운 것과
불가능한 것

루스 시몬스 Ruth Simmons,
그녀는 흑인 여성 최초로
미국 일류 대학인 스미스칼리지의 총장이 된 인물이다.

한 기자가 그녀에게 성공 비결을 묻자
그녀는 이렇게 대답했다.

"저는 늘 '어려운difficult 것'과
'불가능한impossible 것'을 먼저 구별했습니다.
어려워 보이지만 가능한 일은
포기하지 않고 최선을 다해 해냈지만,
아무리 노력해도 불가능하다고 판단되는 일은
아예 도전조차 하지 않았습니다."

모든 일에 최선을 다하는 것만이
진정한 미덕일까?
때로는 빠른 포기가
새로운 기회를 가져다주기도 한다.

루스 시몬스는
미덕 대신 선택과 집중을 선택했고,
마침내 최고의 자리까지 오를 수 있었다.

꿈은 크게 꾸고 이상은 높게 가져야 하지만
두 발은 항상 땅을 딛고 있어야 한다.

함께라면

얼마 전,
어린 소녀들이 손을 맞잡고 삭발을 하는 모습이
전 세계 언론에 소개되었다.

미국 챈들러의 한 소프트볼 경기장에서
7살 어린 소녀들이 단체 삭발식을 거행했고,
팀 코치까지 동참해서 화제가 된 것이다.

어린이 소프트볼 팀 소속의 소녀들이
암 판정을 받은 팀 동료 레이튼을 응원하기 위해서였다.
항암치료를 받고나서 머리가 빠지기 시작한 레이튼이
고민 끝에 삭발을 결심하자
친구들이 다 같이 삭발을 하기로 뜻을 모은 것이다.

친구와 함께할 수 있다면
그들에게 머리카락의 길이 따위는 중요하지 않았다.

이런 것이 진정한 친구의 모습이 아닐까.

누군가 이렇게 말했다.

'진정한 친구란,
비를 맞고 있는 친구에게 우산을 받쳐주는 것이 아니라
함께 비를 맞아주는 사람이다.'

독소를 내뿜는 화

세계적인 심리학자인 미국의 엘머 게이츠 박사가
흥미로운 실험을 했다.
화를 낼 때, 슬퍼할 때, 후회할 때, 기뻐할 때 등
상황별로 사람들이 내쉬는 숨을 채집해서 냉각시킨 다음
그 침전물을 관찰한 것이다.

그 결과 화를 낼 때의 내쉰 숨의 침전물은 갈색,
슬퍼할 때 내쉰 숨의 침전물은 회색,
후회할 때 내쉰 숨의 침전물은 분홍색,
기뻐할 때 내쉰 숨의 침전물은 청색을 나타냈다.

더 놀라운 것은 쥐를 이용한 실험 결과였다.
화를 낼 때 나온 갈색 침전물을 쥐에게 주사했더니
그 쥐는 몇 분 만에 죽고 말았다.
한편, 기뻐할 때 나온 청색 침전물을 주사한 쥐는
오히려 활동력이 왕성해졌다.

다 그만한 이유가 있어서 화를 내고 살지만,
누군가에게 화를 낸다는 건
스스로 스트레스 지수를 높이는 일인 동시에
상대방에게는 엄청난 독소를 내뿜는 행위임을 알아야 한다.

"1분 동안 화를 낸다면
당신은 60초 동안 행복을 잃는 셈이다."
사상가 랄프 W. 에머슨의 말이다.

천사의 몫

포도를 큰 오크통에 넣고 숙성시켜 만든
와인을
'신의 물방울'이라고도 부른다.

그 와인이 오크통에서 숙성되는 동안
약 2% 내외의 와인이 자연스럽게 기화되며 날아가는데,
와인을 제조하는 사람들은 이를 '천사의 몫'이라고 말한다.
그들에게 '천사의 몫'은
더 깊고 진한 와인의 향과 풍미를 얻기 위해
반드시 거쳐야 할 과정이자
꼭 헌납해야 할 기대 비용이라고 한다.

농부들이 농작물을 가꿀 때
더 풍성한 수확을 위해 어린 열매를 솎아주는 것도,
'까치밥'이란 명목으로 열매를 조금 남겨두는 행위도
모두 '천사의 몫'을 의식한 지혜일 것이다.

우리의 삶도 크게 다르지 않다.
더 성숙한 삶을 위해서는
지금 버리고 내놓아야 할 것들이 있다.

하루하루 '천사의 몫'을 의식하고 산다면
우리 삶에도 더 많은 여유와 배려가 생기고,
인생의 향기도 그만큼 깊어질 것이다.

어둠이 찾아오면
촛불을 켜라

항상 밝은 표정으로 주변 사람들에게
좋은 에너지를 안겨주는 여인이 있었다.
그녀에게는 늘 좋은 일만 있는 것 같았다.

그런 그녀가 8살 때 어머니를 잃고,
10살 때 아버지마저 잃으면서 고아가 됐다는 사실은
아무도 상상할 수 없었다.
어린 나이에 세상에 홀로 남겨진 그녀는
오직 한 끼 식사를 위해 혹독한 노동을 견뎌야만 했다.

그렇게 불운한 그녀에게 비장의 무기가 하나 있었다.
바로 낙관적이고 긍정적인 인생관이었다.
그녀는 아무리 힘든 상황이 닥쳐도
결코 슬퍼하거나 절망하지 않았다.
말 한 마디를 해도 긍정적인 단어를 사용했다.

결혼 후 얻은 여섯 자녀 중 한 아이를 잃었을 때도
위로를 전하는 사람들에게 그녀는 이렇게 말했다.

"제가 사랑할 수 있는 아이가 아직 다섯이나 있는 걸요."

황혼기에는 관절염을 앓던 남편이
휠체어 신세를 져야 하는 불운까지 닥쳤다.
그때 남편이 그녀에게 물었다.
"내가 이렇게 두 발을 쓰지 못하는 장애인이 되었는데
아직도 나를 사랑하오?"
그녀는 한 치의 망설임도 없이 이렇게 대답했다.
"내가 당신의 다리를 사랑한 건 아니잖아요."

그녀의 이름은 엘리너 루스벨트,
미국의 32대 대통령 프랭클린 루스벨트의 아내이자
역대 영부인 가운데 가장 존경받는 여성 지도자다.

'대통령보다 아름다운 퍼스트레이디'로 불리는,
긍정의 아이콘 엘리너 여사는 이런 말을 남겼다.

"어둠을 저주하기보다 촛불을 켜는 것이 낫다"

가젤의 숙명

"매일 아침 아프리카에선 가젤이 눈을 뜬다.
그는 사자보다 더 빨리 달리지 않으면
죽으리라는 것을 안다.

매일 아침 사자 또한 눈을 뜬다.
그 사자는 가장 느리게 달리는 가젤보다 빨리 달리지 않으면
굶어 죽으리라는 것을 안다.

당신이 사자이건 가젤이건 상관없다.
태양이 떠오르면 당신은 질주해야 한다."

「보스턴 컨설팅의 보고서」에 실린 글이다.

한때 세계의 절반을 정복했던 칭기즈칸은
단 한 번도 성을 쌓지 않고
죽는 날까지 말을 달린 것으로 유명하다.
유목민이었던 그들에게
성을 쌓고 그 안에서 안주하는 것은

몰락과 죽음을 의미했다.

물러서는 것이 모두 퇴보를 의미하는 건 아니다.
두 걸음을 뛰기 위해 한 걸음 물러설 때도 있다.
오히려 안주와 정착을 선택하는 순간이
퇴보가 시작되는 가장 위험한 때일 수 있다.

거친 바다를 항해하는 선원에게
닻을 내리고 항구에 정박한 배는
더 이상 배가 아니다.

웃음의 효과

미국의 심리학자 윌리엄 제임스와
덴마크 심리학자 칼 랑게의 이름을 딴
'제임스 –랑게 이론'에 따르면,
울기 때문에 슬퍼지고 도망가기 때문에 무서워지고,
웃기 때문에 행복해진다고 한다.

웃는 순간 뇌에서 베타엔도르핀이 분비되면서
기분도 좋아지고 통증 감소는 물론 면역력도 커진다는 것이다.

그 때문일까?
미국에서는 의사가 환자에게 웃음 처방을 내리기도 하고,
웃음 치료를 돕는 전문 간호사까지 따로 있다고 한다.
그들을 '웃음의 피에로'라고 부른다.

인도에서는
직장에서 '웃음 요가'를 도입한 뒤
업무 능률이 올라가고 노사갈등도 줄고
스트레스도 줄어들었다고 한다.

하루에 45초 동안 웃으면
고혈압과 스트레스를 이겨낼 수 있고,
10분간 웃고 나면 1시간 이상의 조깅효과가 있다고 한다.

웃자!
얼굴을 찡그리는 데 사용하는 근육은 64가지이고,
웃을 때 사용하는 근육은 고작 13가지라고 한다.
찡그리는 것보다 웃는 것이 더 쉽다는 말이다.

인생,
어렵게 살지 말고 쉽게 살자.

진짜 더러운 것은
따로 있었다

베란다 창가에서 앞집을 바라보던 아내가
남편에게 말했다.
"새로 이사 온 앞집 사람들은 정말 지저분한가 봐요.
빨랫줄에 항상 더러운 빨래가 걸쳐 있어요."
며칠이 지나도 앞집 빨래는 여전히 지저분해 보였다.

그러던 어느 날,
무심히 앞집을 바라보던 아내는 깜짝 놀랐다.
깨끗하게 세탁된 빨래가 널려 있었던 것이다.
아내는 호들갑스럽게 남편을 부르며 말했다.
"여보, 앞집에 새로운 사람들이 이사 왔나 봐요.
근데 저 사람들은 참 깔끔한가 보네.
빨래도 깨끗하게 하고….”

그 말에 남편이 대답했다.
"내가 한 거야.”
"네? 당신이 앞집 빨래를 해줬다고요?"
"그게 아니고, 내가 우리 집 베란다 창문을 닦았다고.”

앞집의 빨래가 더러운 게 아니라
자신들의 베란다 창문의 얼룩이 문제였던 것이다.

색안경을 쓰고서 세상을 논하지 말라.
색안경을 벗지 않고서는
결코 세상을 똑바로 볼 수 없다.

무엇이 보이는가

한 남자가
하얀 전지 한가운데에 점 하나를 찍은 다음
그 종이를 들어 올리며 주변 사람들에게 물었다.

"무엇이 보이십니까?"
"점 하나가 보입니다."

사람들은 하나같이 점이 보인다고 말했다.
그러자 남자는 종이를 흔들며 이렇게 말했다.

"이렇게 작은 점은 잘 보이는데
이 큰 종이는 보이지 않습니까?"

어떤 사물이나 문제를 들여다 볼 때는
시력이나 집중력보다 거리감이 중요할 때가 많다.
적정한 거리를 두고 전체를 바라보지 않으면
정작 본질을 놓치고 껍데기에 집착하는
우愚를 범하게 된다.

말의 힘

아프리카의 어느 부족은
키는 크지만 쓸모없는 나무를 발견하면
톱이나 도끼를 사용해서 벌목을 하지 않고
그 나무 앞에서 특별한 의식을 행한다고 한다.
전 부족이 그 나무 앞에 저주를 퍼붓는 것이다.

"넌 쓸모없는 나무야. 살아 있을 가치가 없어."
"차라리 죽는 게 나아. 빨리 죽어 버려."

나무에게도 귀가 있고 감정이 있는 것일까?
놀랍게도 이렇게 저주를 받은 나무는
얼마 못가서 시들시들 말라 죽고 만다고 한다.

하물며 인간은 어떻겠는가?
'칭찬은 고래도 춤추게 한다.'고 했다.
뿌린 대로 거둔다.
좋은 말의 씨앗을 뿌려야
좋은 결실을 기대할 수 있다.

때론 슬픔도
힘이 된다

거센 풍랑을 만난 여객선 한 척이 침몰하고 말았다.
가까스로 살아남은 한 남자가 표류 끝에 무인도에 닿았고,
그는 며칠 동안 나무와 판자쪼가리를 모아서
비바람을 피할 정도의 작은 움막을 지었다.

간만에 움막에서 숙면을 취한 남자는
날이 밝자 먹을 것을 구하러 나섰다.
섬 곳곳을 샅샅이 돌며 요깃거리를 찾은 남자의 눈에
멀리서 하얀 연기가 치솟는 것이 보였다.
안타깝게도 자신이 공들여 만든 움막이 불타고 있었던 것이다.

남자가 도착했을 때 움막은 이미 잿더미가 되어 있었다.
'아, 움막도 다 타버리고 이제 여기에서 어떻게 살아남을까?'
암담한 생각에 걷잡을 수 없는 눈물이 터져 나왔고,
남자는 울다 지쳐 잠이 들고 말았다.

다음 날 아침,
남자는 난데없는 뱃고동 소리에 놀라 눈을 떴다.

해안에 구조대가 도착해 있었다.
남자는 맨발로 뛰어가서 구조대에게 물었다.
"제가 여기에 있는 걸 어떻게 안 거죠?"
"어제 당신이 연기를 피워서 보낸 신호를 보고 온 것이오."

어제 그토록 절망하게 만들었던 움막의 화재가
오늘 그에게 구원의 손길을 내밀고 있었다.

'새옹지마塞翁之馬'라고 했다.
세상만사는 변화가 많아서
어느 것이 화禍가 되고, 어느 것이 복福이 될지 모른다.
재앙災殃이라고 한없이 슬퍼할 일도 아니고
행운幸運이라고 마냥 기뻐할 일도 아니다.

인생의 무게

세계적인 고고학자가
인도의 한 마을에 머물며 큰 학술적인 성과를 이루었고,
주민들로부터 감사의 선물까지 받았다.
선물은 귀한 코끼리의 상아였다.
소중한 선물이라서 잘 포장해서
이동할 때마다 들고 다녔지만,
그 크기와 무게 때문에 여간 번거로운 게 아니었다.

마침내 일정을 다 마치고 본국으로 돌아가던 날,
학자는 공항에서 그 상아를 잃어버리고 말았다.
여행가방 옆에 포장된 상아 박스를 두고
잠시 화장실을 다녀온 사이 사라져 버린 것이다.

귀한 선물을 준 주민들의 정성에 대한 미안함과
물건을 잃어버린 것에 대한 불쾌감에 사로잡혔던 학자는
탑승 시간이 되자 하는 수 없이 비행기에 올라야만 했다.

비행이 시작되자

미안하고 불쾌한 마음은 거짓말처럼 사라지고
금세 홀가분하고 편안한 마음이 되었다.
그렇게 소중하게 여기고 애지중지했던 상아가
사실은 불편하고 거추장스런 물건이었던 것이다.

귀하고 소중하게 여겨지는 것들이
때때로 거추장스럽고 무거운 짐이 된다면
그것은 집착과 욕심일 수 있다.

집착과 욕심을 버리면
인생도 그만큼 가벼워진다.

행운의 그림자, 불행의 그림자

어느 왕국에 일곱 공주를 가진 왕이 있었다.

공주들은 하나같이 아름다웠고,

특히 칠흑 같이 검고 윤기 있는 머릿결은

보는 이의 탄성을 자아내게 했다.

어느 날 왕은 일곱 공주 모두에게

예쁘고 귀한 머리장식 100개씩을 선물했고,

그 머리장식 덕분에 공주들은 더욱 아름다워 보였다.

그러던 어느 날,

첫째 공주가 머리장식 하나를 잃어버리고 말았다.

잃어버린 머리장식 한 개 때문에 잠 못 이루던 첫째 공주는

하녀에게 둘째 공주의 머리장식 하나를 훔쳐오게 했다.

머리장식 하나가 사라진 것을 눈치 챈 둘째 공주도

하녀를 시켜서 셋째 공주의 머리장식을 훔쳐오게 했고,

셋째 공주는 넷째 공주의 것을,

넷째 공부는 다섯째 공주의 것을 훔쳐오게 하면서

결국 막내 공주의 머리장식이 99개가 되고 말았다.

막내 공주는 언니들과는 달랐다.

머리장식이 하나 없어진 것을 알았지만

오히려 좋은 일이 생길 조짐으로 여겼다.
"어! 99개가 됐네. 99는 영원함을 의미하는 숫자잖아.
이건 분명 좋은 일이 생길 징조야."

며칠 후,
이웃나라의 왕자가 찾아와 왕을 알현했다.
왕자의 손에는 머리장식 한 개가 들려 있었다.
"일곱 공주님 중 한 분의 것인 머리장식이 제 손에 들어왔으니
이 어찌 특별한 인연이 아니겠습니까?
허락하신다면 이 장식의 주인과 혼례를 올리고 싶습니다."
이웃나라 왕자의 청을 들은 왕은 기꺼이 혼례를 허락했고,
그 행운의 주인공은 막내 공주가 되었다.

인생에서 한쪽 문이 닫힐 때
신은 반드시 다른 쪽 문을 열어둔다고 한다.
그것을 알아차리는 것은 온전히 우리의 몫이다.
행운은 그림자처럼 불행을 달고 오고
불행 역시 꼬리처럼 행운을 끌고 다닌다.

이기는 늑대는 따로 있다

할아버지와 소년이 이야기를 나누고 있었다.
"우리 마음속에는 두 마리의 늑대가 살고 있는데,
이 둘은 틈만 나면 싸운단다."

할아버지의 이야기에 소년이 물었다.
"왜요? 왜 맨날 싸워요?"
"응, 둘은 성격이 정반대거든.
하나는 늘 화가 나 있고 욕심도 많은데
다른 하나는 작은 것에도 행복해하고 늘 친절하단다.
네 생각엔 이 둘이 싸우면 누가 이길 것 같으냐?"

소년은 망설임 없이 대답했다.
"저는 행복하고 친절한 늑대가 이겼으면 좋겠어요."
소년의 대답을 듣고 할아버지는 말을 이어갔다.
"그래, 나도 친절한 늑대가 이겼으면 좋겠구나.
그런데 말이다. 싸움에서 이기는 늑대는 따로 있단다."
"그게 누군데요?"
소년이 묻자 할아버지는 이렇게 대답했다.

"싸움에서 이기는 늑대는 바로
네가 지금 먹이를 주고 있는 늑대란다."

체로키 인디언들에게 전해 내려오는 이야기다.

우리는 오늘 하루
어느 늑대에게 먹이를 주었을까?

여왕보다 아내

영국의 빅토리아 여왕이 남편 앨버트 경과
사소한 일로 말다툼을 했다.

화가 난 앨버트 공은 자기 방으로 들어가 버렸다.
잠시 후, 남편에게 미안해진 여왕은
사과하기로 마음먹고
남편의 방문을 노크했다.
"누구요?"
아직 화가 안 풀린 남편의 퉁명스런 목소리가 들려왔다.
"영국의 여왕입니다."
하지만 문은 열리지 않았고 한마디 대꾸도 없었다.

여왕은 다시 한 번 노크를 했다.
"누구요?"
남편은 여전히 퉁명스럽게 물었다.
여왕은 심호흡을 한번 하고 대답했다.
"여왕이요."
이번에도 문은 열리지 않았다.

여왕은 화가 치밀었지만 꾹 누르고
다시 한 번 방문을 두드렸다.
남편은 여전히 똑같은 말로 물었다.
"누구요?"
여왕은 목소리를 낮추고 조심스럽게 대답했다.
"당신의 아내입니다."
그제야 방문이 열리고 앨버트 경이 얼굴을 내밀었다.

앨버트 경은 여왕과 다툰 것이 아니라
자신의 아내와 다퉜던 것이다.
그리고 그는 한 여자의 남편으로서
아내에게 존중을 받고 싶었던 것이다.

상대방에 대한 최소한의 배려와 존중은
결국 자신에 대한 배려와 존중으로 돌아온다.

늑장을 부리면
나이만 늘어난다

악마가 세상을 멸망시키기로 마음먹고
부하들을 불러 모았다.
부하들은 서로 자신이 선봉장이 되어야 한다면서
세상을 멸망시킬 자신만의 방법들을 이야기했다.

'분노'는 세상 사람들이 서로 물어뜯고 싸우도록
분노를 부추겨 파멸을 앞당기겠다고 말했다.
'육욕'은 사람들의 정신을 타락시키고 사랑을 파괴해서
세상을 무너뜨리겠다고 했다.
'탐욕'은 무절제하고 파괴적인 욕망을 부추기겠다고 했고,
'폭음'과 '폭식'은 인간의 몸과 마음을 병들게 하겠다고 했다.

많은 부하들이 다투듯 자신만의 방법을 얘기했지만
어느 것도 악마의 마음에 쏙 들어오지 않았다.
그때 가장 늦게 도착한 부하 한 명이 앞으로 나섰다.
"저는 사람들에게 정직하고 용감하게 사는 일이
얼마나 가치 있고 소중한 것인지 알려주고,
올바른 삶의 목표를 가지도록 돕겠습니다."

악마는 그 말을 듣고 얼굴이 벌겋게 달아올랐다.
너무 어이가 없어서 화가 치밀어 올랐던 것이다.
그 순간 부하는 기다렸다는 듯이 한마디를 덧붙였다.
"다만 그들에게 지금 당장 서두를 필요는 없다고 할 것입니다.
꼭 오늘 하지 않아도 내일이 있고,
상황이 좋아지기를 기다리는 것이 최선이라고 말해주겠습니다."
그제야 악마는 흡족한 미소를 지으며 명령을 내렸다.
"그래, 네가 최고 적임자구나!
당장 내려가서 세상을 멸망시키도록 하라."
그렇게 선봉장을 맡게 된 부하의 이름은 '늑장'이었다.

좋은 날, 적당한 때란
기다린다고 오는 게 아니다.
그것이 무엇이든 당장 실행에 옮기는 때가 가장 좋은 때다.

벤자민 프랭클린은 이렇게 말했다.
"오늘의 하루는 내일의 이틀과 같다."

티베트 속담에는 이런 말이 있다.
"죽음과 내일 중에 어느 것이 더 빨리 올지
아무도 모른다."

인생 친구

독일의 가장 중요한 미술가로 불리는
알브레히트 뒤러.
그는 뛰어난 재능의 화가이자 도안가였고,
판화가, 작가로도 유명하다.

청년시절 가난 때문에 학업을 포기해야만 했을 때
미술 공부를 같이 하던 친구 한스가 찾아와 그를 설득했다.

"이보게, 친구. 내가 일을 해서 학비를 댈 테니
자네는 공부를 계속하게. 자네가 먼저 공부를 마치고
돈을 벌게 되면 그때 자네가 내 학비를 대주면 되지 않겠는가."
몇 번이고 거절했지만 한스는 뜻을 굽히지 않았다.

식당 일을 하며 매달 학비를 보내주는 한스 덕분에
뒤러는 무사히 학교를 졸업하고 화가의 길을 갈 수 있었다.

첫 작품이 팔렸을 때 뒤러는 가장 먼저 한스에게 달려갔다.
기쁨을 함께 나누기 위해서였다.

식당 문을 열고 들어선 뒤러의 눈에
창가에 무릎을 꿇고 있는 한스의 모습이 보였다.
한스는 눈물을 흘리며 기도를 하고 있었다.
"신이시여, 저는 손이 굳어버려서
더 이상 그림을 그릴 수가 없습니다.
제 몫까지 뒤러가 해낼 수 있도록 도와주시고
그가 최고의 화가가 될 수 있도록 굽어 살피소서."

뒤러는 더 이상 한스에게 다가갈 수 없었다.
눈물이 복받쳐 올랐던 것이다.
한참 뒤 뒤러는 주머니에서 연필을 꺼내들고
자신을 위해 기도하는 한스의 투박해진 손을 그리기 시작했다.
그렇게 탄생한 작품이 명작 〈기도하는 손〉이다.

친구 뒤러를 위해 자신의 청춘을 바친 한스.
이런 친구가 곁에 있다면 세상에 두려울 것이 뭐가 있을까.

세계적인 대문호 셰익스피어는 말한다.

"일단 마음에 든 친구는
쇠사슬로 묶어서라도 놓치지 말라."

감사의 크기

나는 신에게 나를 강하게 만들어 달라고 부탁했다.
내가 모든 것을 이룰 수 있도록.
하지만 신은 나를 약하게 만들었다.
겸손해지는 법을 배우도록.

나는 신에게 건강을 부탁했다.
더 큰 일을 할 수 있도록.
하지만 신은 내게 허약함을 주었다.
더 의미 있는 일을 하도록.

나는 부자가 되게 해달라고 부탁했다.
행복할 수 있도록.
하지만 난 가난을 선물 받았다.
지혜로운 사람이 되도록.

나는 재능을 달라고 부탁했다.
그래서 사람들의 찬사를 받을 수 있도록.
하지만 난 열등감을 선물 받았다.

신의 필요성을 느끼도록.

나는 신에게 모든 것을 부탁했다.
삶을 누릴 수 있도록.
하지만 신은 내게 삶을 선물했다.
모든 것을 누릴 수 있도록.

나는 내가 부탁한 것을 하나도 받지 못했지만
내게 필요한 모든 걸 선물 받았다.
나는 작은 존재임에도 불구하고
신은 내 무언의 기도를 다 들어주셨다.

모든 사람들 중에서 나는 가장 축복받은 자이다.

뉴욕의 '장애인협회' 회관에 걸려 있는 글이라고 한다.

부족함은 때때로 궁색함과 불편함을 동반하지만,
지나고 보면 그것이야말로
삶의 원동력이자 축복이었음을 깨닫게 된다.

행복은 가진 것의 크기에 비례하지 않는다.
감사의 크기가
행복의 크기를 결정한다.

감사합니다

글쓴이 | 곽동언
펴낸이 | 우지형

인　쇄 | 하정문화사
제　본 | 영글문화사
후가공 | 금성산업
디자인 | Gem

펴낸곳 | 나무한그루
주　소 | 서울시 마포구 독막로 10, 성지빌딩 713호
전　화 | (02)333-9028　**팩스** | (02)333-9038
E-mail | namuhanguru@empal.com
출판등록 | 제313-2004-000156호

ISBN 978-89-91824-60-7 03810

값 4,000원